MERCURIA

TUDO QUE FIZ FIZ COM ESSE CORPO

KOTTER EDITORIAL

Coordenação Editorial: Sálvio Nienkötter
Editor-Executivo: Claudecir de Oliveira Rocha
Editores-Adjuntos: Daniel Osiecki, João Lucas Dusi
Capa: Natasha Tinet
Design editorial: Carlos Garcia Fernandes
Produção: Cristiane Nienkötter
Revisão e preparação de originais: A Autora

Dados Internacionais de Catalogação na Publicação (CIP)
Angelica Ilacqua CRB-8/7057

Mercuria
Tudo que fiz, fiz com esse corpo / Mercuria. – Curitiba : Kotter Editorial, 2023.
96 p.

ISBN 978-65-5361-203-7

1. Poesia brasileira I. Título

CDD B869.1

23-1828

KOTTER EDITORIAL

Kotter Editorial Ltda.
Rua das Cerejeiras, 194
CEP: 82700-510 - Curitiba - PR
Tel. + 55(41) 3585-5161
www.kotter.com.br | contato@kotter.com.br

Feito o depósito legal
1ª Edição
2023

MERCURIA

TUDO
QUE
FIZ
FIZ
COM
ESSE
CORPO

Para minhas amigas escritoras da Membrana Literária com quem eu aprendo todo dia mais sobre o ofício de viver e escrever

About here, she thought, dabbling her fingers in the water, a ship had sunk, and she muttered, dreamily half asleep, how we perished, each alone

Virginia Woolf

Prefácio

Tudo que fazemos, fazemos com esse corpo. Só pode ser esse o nosso corpo e por mais que pudéssemos mudar todas as suas partes, até o corpo parecer outro, ele ia continuar sendo o mesmo. Será? O que permanece inalterável em um corpo para que ele se mantenha o mesmo? "Tudo o que fiz fiz com esse corpo" é um livro que lança essas e tantas outras perguntas: O que é possível fazermos com nosso corpo? Até que ponto podemos tomar esse corpo como realmente nosso? E como contamos as narrativas de suas transformações? O "ofício de viver e escrever" é elaborado aqui materialmente, tendo existências concretas como ponto de partida. Os corpos ora cortam a si mesmo em pedaços, ora dilaceram outros com as mãos, testemunham simultaneamente a morte de tudo o que vive e a vida de tudo o que morre.

Enquanto se desenrola a história mais velha do mundo, "do pó viemos, do pó retornaremos", Mercuria cria ajuntamentos, proliferação de vivência e vivacidade. Queremos ser também Quelly da Silva e nos amarmos como Quellys da Silva. Por outro lado, esses ajuntamentos podem ser extremamente violentos, são choques de corpo contra corpo "juntaram seus corpos ao meu/ de formas que eu não deixei". O estupro é também uma das histórias mais velhas do mundo.

"Tudo o que fiz" é um livro que vai se formulando enquanto assistimos um corpo descosturar a si mesmo para se tornar estranhamente familiar. Estados mentais alterados, sonhos de zolpidem têm espaço aqui como impulsos criativos. Porém, não se trata de uma mente que funciona ou de uma mente que não funciona, mas de uma mente que funciona de outra maneira. O funcional capitalista é arrancado do centro para que seja possível "brincar com nossas bocas/ para que seja dito o mais imperfeito poema/ que seja entendido em todas as línguas". De certa maneira, é preciso ultrapassar o corpo e a língua (funcional-capitalista) para alcançar o corpo e a língua (funcional-poética). Abre-se espaço para a "cabeça de monstra" existir em sua plenitude, refazendo a própria ideia do que é saudável-doente. Sem o "compromisso com a beleza".

Ou pelo menos compromete-se com um outro tipo de beleza, talvez aquela que o necromaquiador pintará no rosto da linda dragqueen, talvez a beleza dos esmaltes roubados. Essa outra beleza é, com certeza, uma questão de princípios. Uma beleza-monstra de corpo sem fim que dança uma coreografia improvisada de "desejo, pulsão, vida, morte, dor, tripa, medo, coração". Os poemas são convites para dançar até tudo acabar, para usar o tesão como poder de metamorfosear-se em copo d'água, esperando que bocas cheias de desejo caiam em nós. São experimentações que transbordam em formatos diferentes, aparecem em versos, em prosa, em forma de lista de desejos.

E o que caracteriza a beleza-monstra é a mistura, a costura de partes dissonantes. Se o pecado é a mistura (o cruzar de uma fronteira que não deveria ser cruzado), o livro de Mercuria exige que outras narrativas reemerjam, como a de Lilith, vinda da terra e não da costela de Adão. Esgarçar as narrativas hegemônicas e transformá-las em trapos com os quais costurar uma nova fantasia, é uma das operações de "Tudo o que fiz". O mesmo é feito com o próprio corpo da poeta.

Ainda que com raiva, despedaçar a si mesma e depois se re-costurar não acontece sem dor. O corpo de combate dói, sangra, convulsiona, chora por amor, quer esquecer, é vulnerável e por isso mesmo pode viver "um outro carnaval". O corpo consegue pressentir além da guerra os anúncios de alegria e, principalmente, consegue escapar. Ser incapturável, "enganar quem lê", esticar as palavras, rir da solidão muito própria, estar enrolada, tudo vale, menos não escrever.

Fica evidente que estamos diante de uma escrita de necessidade. A urgência de retomar o próprio corpo é a urgência de retomar a própria palavra "eu sei que preciso tirar seu corpo da palavra amor (e colocar o meu)". Com a mente funcional-poética, Mercuria explode narrativas fundantes e cata os cacos, apresenta-os no livro com o nome de lembretes ou avisos "não me diga como escrever meus poemas – meu fracasso sou eu quem faço". São também avisos os cheiros que envolvem o livro: tomilho, sálvia, alecrim. Nos lembram de feitiços antigos e mãos cuidadosas que são nutridas pela terra e entendem das suas tecnologias. Lilith dá as mãos para Pachamama Mércia e elas são, ao mesmo tempo, passado presente futuro. O pó seco do livro de Gênesis é substituído pela terra molhada de Mercuria.

Essas bruxarias molhadas, perfumadas, que se materializam em poemas dedicados, mostram a energia vital que vai se acumulando em "Tudo o que fiz". O desejo pelo poder de manifestação, anunciado no poema "p/os cristãos", é alcançado: o poder de manifestação é escrever poemas que manifestam (outros) corpos, (outras) emoções, (outras) realidades. Escreve-se com esse corpo, porque só ele como vida mutável, é possível, porque estamos vivas, afinal, "a morte não chegou ainda", é preciso, portanto se amar como corpo, "se amar como quem se precisa".

Julia Raiz
doutora em Estudos Literários pela UFPR

SUMÁRIO

EU ME CORTAVA EM PEDAÇOS

Nós

Resgatar a intuição oceânica aquosa como um sonho: escorremos vida pelos olhos enquanto encaramos quem tenta nos matar. Sabemos nos molhar sem censura. Aprendemos com os estilhaços da quebra, a dissidência. Dançamos com as ruínas e dos enroscos somos possibilidade. O sonho já é vida quando para além de sobreviver, existimos.

Quelly da silva

Chorar por quelly arrancar meu coração por quelly falam para eu não estar triste para eu não me colocar de novo no lugar triste que eles me colocaram mas eu estou triste. da vida de quelly não sabemos nada, só da morte, e isso é parte do problema. as veias de quelly eu penso nelas, estendidas no chão, eu penso que talvez eu nunca chegue ao ponto de ver veias humanas na minha frente, sim humanas quelly não é um demônio como ele disse quelly é uma pessoa quelly ainda é pessoa e eu não posso me subestimar eu não posso subestimar meu corpo em psicose correndo na rua querendo ver veias com uma tesoura de costura na mão e sentindo falta de quelly quelly e eu temos o mesmo sobrenome e famílias diferentes no meu coração não tem uma imagem de santa no meu coração tem um coração no meu coração tem quelly e tantas tantas outras e nenhuma santa meu coração não é de santa e também já conheceu alguém na meia noite do dia anterior que furtou meu consentimento meu coração já conheceu homens sim homens vamos dar nomes a eles, homens que furtaram coisas de mim e guardaram em suas casas. homens já quiseram arrancar meu coração mas por motivos diferentes, hoje meu coração parece querer ser arrancado sozinho e meus pertences furtados por eles mesmos e a meia noite um encontro comigo mesma e no outro dia uma morte com as minhas próprias mãos, mas aí penso em quelly e em tantas muitas que precisam também de mim e penso que não posso abandonar elas eu não posso me fazer de santa e eu não posso me fazer de nada eu só posso agora lembrar de quelly enquanto sinto medo pelas quellys que conheço e pelas que não conheço mas quero igualmente vivas como talvez elas também me queiram

Homens sem solidão

Eu estou em uma caçada
na minha mira estão cinco homens
que juntaram seus corpos ao meu
de formas que eu não deixei

eu estou com raiva
sou como uma fêmea raivosa no animal planet
pronta para morder o pescoço
de um macho abusador desconstruído

oh céus dai-me paciência para nutrir a minha raiva
sem que eu me destrua
a minha raiva é importante
eu cuido dela como um pedaço de mim que vai mas sempre volta
a minha raiva é a minha prova de materialidade
e meu laudo de conjunção carnal

estupro: sem testemunhas e sem culpados
a não ser eu mesma
a fêmea raivosa do animal planet
que disse demais

Querer retirar os seios e continuar mulher

hoje lembrei do perfume masculino em sua pele de mulher, do conjunto desses mundos, do contraste que você gostava, da vida de fronteira, das camisetas largas pra não mostrar os seios, da intensidade do cabelo curto cortado em casa com o rosto angelical de estrela de cinema. das mãos envelhecidas do sol do norte e dos cigarros baratos, das calças de cintura média, do coturno rasgado com remendos de fita isolante e das cinzas caindo onde não deveriam. lembrei que disse seu nome em um teatro cheio antes de aprender a encher a boca para te dizer adeus. me despi das palavras. lembrei de você e pela primeira vez não senti saudade. desafiei a saudade: aprendi a dizer adeus.

Sonhos de zolpidem

eu sonhei com você despedaçando músculo por músculo do meu braço até que ele se tornasse impossibilitado de te machucar. eu criava meu castelo de ossos e tirava forças de sei-lá-de-onde para te desferir mais um golpe não fatal, para que você nunca terminasse em despedaço de dor. essa angústia era uma dança a dor que você sentiu no rosto. a dor que você sentiu no rosto e a dor que eu senti na parte mais dura dos dedos (a parte dura que ensinam os homens a usar para bater) eram irmãs. não sei se a dor que senti nos dedos durou o tanto tempo ou foi tão intensa quanto a dor que você sentiu no rosto (provavelmente não). eu sei que a dor que eu senti na minha vigésima camada de pele, fronteiriça, à beira de nervos, era grande grande grande e rrrrrrrr

a
s
g
a
v
a

de dentro pra fora
meu corpo estranhamente familiar.
eu me cortava em pedaços para ver se eu ainda sabia ser eu. rasgava a primeira camada de pele para igualar a vigésima camada de pele. nunca quis me sentir como outra pessoa me sentir como não pessoa

não sentir nada e te machucar até arrancar pele. eu procuro respostas no meu próprio corpo e não acho nada. eu quebro 100 xícaras imaginárias por noite. todos esses caquinhos eu guardo espalhados para que não formem família. rego as plantas todos os dias. sim choro todos os dias. desde o dia em que acordei e entendi que sonho é DESPEDAÇO, entendi que não são atos efeitos conjuntos de imagens pensamentos fantasias, entendi que é isso que o sonho é porque é isso que o sonho faz. agora que acordei posso dizer que um sonho é feito de tropeççççços até chegar LÁ e é feito de pequenos cacos, de pedaços de dias e noites, que não formam nada, que não são ato antes de ser despedaço de nós. LÁ e a q u i são separados por um véu muito fino pra mim. às vezes não sei em qual estou e fico com uma parte do meu corpo preso em um deles até me despedaçar. eu não queria fazer brincos com cartelas vazias de remédio de novo. você sabia, que se eu acordar antes das oito horas que minhas pílulas não mágicas me sugerem, eu posso acordar de mentira e depois que acordar de verdade, não lembrar de nada ou achar que estava sonhando?

Quero seu corpo
para estendê-lo sobre o chão
em uma tentativa de te olhar melhor

quando todos os outros já estiverem dormindo
brincaremos com nossas bocas para que seja dito o mais imperfeito poema
que seja entendido em todas as línguas
perpassadas pelos nossos violentados corpos
em um atravessamento de nós com o além de nós

para que possamos no fim deitar juntas
cobertas de flores imaginárias
até que nós não tenhamos mais força para levantar
e que eu possa olhar nos olhos da loucura e lamber suas pálpebras

Sentir é um poder: agora eu sei que o mundo não termina até onde eu posso vê-lo

Buscar o irrecuperável: estou tentando esquecer você, te substituir por palavra

mas é segredo

eu sempre fui cabeça de monstra
embebedada na estranheza de seu eu
aprendi desde cedo a me fazer de holograma
ser toda transparente quando vem o soco
minha casa-corpo carrega cicatrizes
mas também o viço da liberdade
eu não tenho compromisso com a beleza
e nem com a coesão
só sei que quero escrever.
ou melhor, desafio o querer – preciso.

Desejos:

Emancipar terrenos instáveis para regar fontes outras
Desviar de remédios fáceis demais
Respirar em espaços irrespiráveis
Engolir o mundo e ser engolido por ele
Circular como se não houvessem formas geométricas
Coçar feridas para não esquecer (deixar também que em algum momento elas se fechem)
Costurar corações na sarjeta com mãos trêmulas de frio
Não permitir relativizações sobre violências às nossas subjetividades
Não encaixar arte em caixas que possam formar pilhas
Permitir se reconhecer como animal híbrido
Caminhar repetidamente sobre rupturas sem chorar todas as vezes
Guardar rancor de quando não nos arrependemos de atropelar existências
Se comprometer apenas ao que for possível
Não ter medo de se dilacerar
Aprender a desejar textos em pulsão de morte
Viver em tempo como se no próximo ano fossemos atingidas por um presidente
terrível
Pegar em flores como se todas tivessem espinhos
Sangrar mais de uma semana e não só pela vagina
Pensar palavra como possibilidade de toque à distância

DILACERAR COM AS MÃOS

1.
Na minha cabeça uma coroa de anarcoprincesa do inferno
Um par de chifres um de muitos
Coberta de sombras sangue e saliva
Vagina que sangra condenada por não obedecer ao homem adão
filho de deus: parir 1000 íncubus e súcubus por dia
Os demônios do sexo que aparecem em sonho
e te fazem molhar a cama
Por uma noite eu fui Lilith todas elas de todas as histórias
não só da minha

Aprendi e ensinei que a mão de Lilith faz o que for preciso
Seu corpo é monstruoso se necessário
Os pés estão prontos pra pisar em cabeças de homens aventureiros
Unhas longas raiz de espírito dentro de árvore
Seios devorando maçãs enquanto a boca serve pra outros ofícios

2.
Conta-se que Lilith foi a primeira mulher criada por deus
Não da costela mas da terra
E quando ela recusa a se deitar embaixo de adão
e ser dominada por ele
Ela precisa fugir
Ela percorre a terra até que encontra lúcifer
o anjo caído
e com ele se casa

deus cria outra mulher para adão
Dessa vez da costela
Pra que se possa controlar
Lilith vem como serpente
que oferece a maçã e o pecado
Ela é a maçã e o pecado
Ela conta para Eva da possibilidade de outra vida
que não seja obedecer macho
Lilith conta sobre desejo
e sobre poder seguir seus próprios caminhos
Lilith ronda e dilacera as subserviências dos corpos femininos
Lilith foi condenada como demônio por ser a que não se curva

3.
Antes disso conta-se que Lilith é Lilitu
É a própria diaba espírito do vento
isso porque quando mulher morre jovem solteira e sem filhos
insubordinada foi condenada pela cultura
A se tornar demônia
Encarna em amas de leite
Pra dar peito de veneno na boca das crianças
Lilitu se formata toda de desejo e aparece para homens ingratos
Fazendo morrer antes de desconfiarem

4.

deusas demônias bruxas bichas mulheres travestis não binaries
Lilith guarda as portas do inferno
criatura da noite mulher escarlate
Ela é a primeira com vagina dentada
Antecedendo eu e você
Com habilidade de cortar o pênis com sua vagina
Ela ameaça porque ela é também prazer sexual do corpo dissidente
mesmo que isso seja uma castração masculina

5.

As pessoas tem medo de nós
Tentam fingir que não estamos ali
Os homens quando olham pra mim querem me comer e dizem que estou bonita ou que sou muito braba porque não sorrio
Lilith os olha nos olhos com olhos vermelhos
e pergunta em códigos silenciosos
porque você fala comigo como se eu fosse sua?
Nós nos aproximamos deles
(eles não esperam a aproximação a imagem ameaça porque eles não estão controlando meu corpo e eles sabem)
E cuspimos no chão
Como eles cospem a todo tempo na rua

6.
Eu ofereço uma maçã coberta por salivas
Eu quero disseminar sim o pecado
a contaminação a mistura o encostar
encaixo em várias bocas
ao mesmo tempo que cabe na minha boca
A maçã escorre pelo braço vermelho dissolve a tinta
e pinga de sangue
Algumas línguas alcançam as gotas de suco
Outras sentem nojo

7.
O que uma romã pode se parecer?
A romã as vezes está tão cheia de polpa que ela estoura
suas sementes envoltas em suco estouram
causando surpresa na boca
A romã sendo colocada no seu eixo pode parecer uma buceta
Os homens cis não sabiam o que era e não tem imaginação
quiseram tirar ela da minha mão pra ter o controle da situação e
ficaram revoltados porque eu não cedia (Lilith não cede)
As Liliths pegaram na mão a romã pra enfiar os dedos
chuparam a fruta
descobrindo o que ela é
Escorrendo nos cantos da boca

8.

Eu tentei explicar que as frutas estavam na minha mão
Precisavam ser comidas na minha mão
(os machos não entendem isso)
A não ser que você me desse confiança pra eu dividir minha fruta com você de forma
Compartilhada

9.

Tem gente que tem medo de fruta como tem medo de uma buceta.

eu só acredito no perigo.

Homem médio

Quando você me deixou eu pensei que eu nunca mais iria escrever
Você dizia "se você faz esse drama pra poder escrever, eu entendo"
mas não era assim
Quando eu dizia: "você me perfurou com uma faca"
era isso que eu queria te dizer:
"Meu corpo dormente na cama não era um convite"
em todas as vezes eu estava tão seca
que não saia nem sangue
Você ria: sempre achou engraçado rir da minha cara
um cigarro atrás do outro
Você também achava engraçado ameaçar jogar coisas em mim
como pratos e xícaras
para ver quem se partia primeiro
uma manhã em família
panquecas e vidro quebrado

Quando voltei pra casa
me olhei nua no espelho
e você tinha me marcado toda
era pele roxo e osso
Como eu não vi isso acontecer?
Os dias passavam e eu sempre voltava
pra você

Como uma recusa de mim mesma
eu voltava
“Como foi seu dia?” eu fingia que você dizia
mas na verdade tudo que você dizia era:
“Eu te odeio” de tantas formas
sua criatividade para me odiar conseguia ser maior do que qualquer esforço meu para escrever

Depois que você foi embora eu morri
mais de uma vez
Você sabia que é possível morrer várias vezes? Eu queria te perguntar
mas eu sabia a resposta
Você só sabia viver
enfiando facas em vaginas secas

uma janela é sempre um convite para se espatifar. Eu tropeço como quem diz: caí mas foi sem querer (talvez assim eu possa voltar a sentir).

Eu me transbordo, tu me restringe

eu te amei como a chuva que cai e dilui a sujeira sobre o chão
eu perdi de vista quem eu era
só para saber quem você é
me olhei no espelho e vi você
chorei e as lágrimas tinham o seu gosto
perguntei por todo lugar como eu podia te deixar
você é uma pessoa esperta
você sabe que me trata como um nada

eu renunciei a minha existência pra ser seu nada

não deveria doer tanto não existir

quero te dizer que preciso de você
e preciso de uma escrita que me dê alegria
e então penso
que se eu pensar em outras dores
te esqueço
cantando you don't know me
but you never get to know me

(eu não sabia nada disso. dar tempo para nós duas. não sabia ser diferente. me descolar de você até que você me veja. era para ser assim, eu, fronteiriça. sem saber o que fazer quando o ar parece acabar no mundo.)

Chegará um outro carnaval

oficina de fazeção das próprias bandeiras: desenhe uma bandeira, desenhe um mundo novo. tudo em você é fullgás: quero sentar e te contar tudo que eu vivi, você me ouve atento e sorri como se tivéssemos conseguido. cuspimos na cara da heteronormatividade enquanto portamos um sorriso largo. andamos na rua sem medo, porque a rua é nossa. fúria e ternura se confundem. cuidar de si também é preparar um corpo de combate. preenchemos o impossível com sonho: somos incapturáveis porque nosso corpo é ficção.

1. Mudar
2. Ser chamada de sapatão enquanto compra um terno em um brechó na mateus
leme
4. Ter um nome composto
5. Yasmin Vitória
6. A partir de hoje ser só Mercuria
8. Trocar o nome das ruas e passar informações erradas
9. Perceber que as ruas também têm nomes compostos
10. Trocar tantas vezes os nomes das ruas visconde do rio branco e visconde de nácar até que se torne impensável passar informações
13. Trocar o próprio nome e passar informações erradas de propósito

Enganar quem me lê
Não escrever sobre tristezas
Não escrever sobre términos
Não escrever sobre minha mãe
Não escrever sobre meu pai
Não escrever sobre o dia que sentamos na canaleta esperando atropelamentos
Não escrever sobre porque estamos longe ou perto e outras mortes abruptas
Não transformar você em poesia

Não levar você pro teatro
Não transformar você em palavra
Não transformar você em arte
Não escrever sobre você
Não escrever sobre minha loucura
Não escrever sobre os arrepios de febre curados com casacos num calor de trinta graus
Não mudar de posição quando estiver desconfortável
Lembrar
Lembrar do seu corpo como se não quisesse destruí-lo
Não lembrar
Esquecer
Esquecer das noites ruins
Não se acostumar com as noites boas demais
Não escrever sobre clichês
Não escrever

você me pergunta no que estou pensando: estou pensando em nós
e em como nós podemos esticar a palavra sapatão
pra caber eu e você

nós não somos mulheres
mas sabemos falar em línguas com os buracos uma da outra

QUANDO NA MORTE ME ENCONTRO

a obsessão me amarra a você
mas não daria certo: nós temos os mesmos defeitos.

corpo do fim do mundo
quando o (nosso) mundo acabar
a terra se abrirá em buracos
as chamas tremularão contentes
as marés brincarão eufóricas
as árvores dançarão com o ar

e eu
estarei pronta
com meu corpo coberto de fim
vencível e pequeno

mas o mundo não acabou ainda

por enquanto faz frio e as ruas estão fervendo
minha saia levanta com o vento
e os homens olham para mim

Eu nos explodo e cato os cacos por nós

uma tragédia: eu digo que te amo e você não diz nada de volta. o silêncio é comparável a louças sendo arremessadas do terceiro andar. essas palavras chegam em você e não geram nada. a bomba explode, você nem se mexe, eu olho para você e preciso fugir dos cacos voando: abro um sorriso e dou risada de mim mesma. rio tanto que as lágrimas saltam dos olhos. fico vazia. me torno reflexo do seu vazio. só agora, de vazio para vazio, podemos continuar.

Coca-cola

Eu já sabia que tinha acabado
quando meu rosto receoso em beber um único gole

as bolhas subindo pelo meu nariz
encontrando língua o líquido preto borbulhando melado
a lembrança de todas as coisas

a cara espremida espirrenta arrependida a boca amargurada
apertada por dentro e por fora
o olho rindo em não
a mão empurrando o copo

deixou de ser
pra nunca mais voltar
uma das suas coisas favoritas

Para lembrar: tudo que fiz, fiz com esse corpo.

Crise atônica

quando vocês me viram
convulsionando
vocês me viram de verdade?
Os olhos revirados a língua enrolada as mãos como garras
Agora toda vez que vocês olham pra mim vocês veem
a pessoa doente que sou
Tomar soro e as visitas no hospital (eu lembro de quem realmente ficou comigo)
e eu sempre vou lembrar
dos seus pares de olhos em meu corpo
com repulsa e desespero
As velas e os incensos não me impediram
de ficar sem ar
Enquanto eu andava de um lado pro outro
as panquecas quentes no prato para visitas me esperavam
mas eu nunca cheguei a comê-las
Convulsionar na frente do prédio:
todas as vizinhas dizendo pra você puxar minha língua
(será que elas acreditam que isso aconteceu a partir da ação de obsessores desencarnados?)
Os anticonvulsivos não me impediram
de assustar vocês e perder a consciência em "emoções intensas"
ou achá-la em espirais de 1/4 de papel

O olhar da médica vai sempre estar em meu corpo
julgando cada célula que compõe a minha pele
para vocês eu sou A Estranha (pra sempre ser A Estranha)
até pra mim (eu me estranho)
e curiosamente me encontro (ausente)
ao me perder de vista
em uma atividade elétrica do cérebro

fui deixada com um borrão preto
e agora eu sei quem sou.

(e tenho que agradecer a seu curso de aeromoça que me fez não engasgar no vômito ou na saliva)

Quando na morte me encontro

Desejos:

1. Fumar um cigarro vestindo uma camiseta amarela revestida de pelos de gato
2. Uma meia calça rasgada que mostre a tinta na pele perpétua: não morrer
3. Tomar um café com almas vestidas de roxo
4. Me jogar na frente de um carro e fingir que foi sem querer
5. Matar só para ver qual é a verdadeira cor do sangue que jaz no pescoço das pessoas que amo
6. Cortar a carne dos pulsos até que minha mão fique dormente e se formem ao longo dos anos uma cicatriz em relevo
7. Visitar a sala 903 para nunca mais voltar
8. Destruir o muro que dá para a janela do meu quarto a murros
9. Morrer de mentira e manter uma outra identidade como alguma prima distante só para saber quem iria ao meu funeral e o que seria dito para meu corpo morto
10. Deixar uma nota esclarecendo como eu quero que o necromaquiador me torne a linda drag queen que nunca pude ser em vida
11. Me jogar de uma janela para descobrir se morremos antes ou depois de atingir o chão
12. Quebrar um copo na pia mais uma vez
13. Acreditar que não sou doente estou doente

14. Me infiltrar entre médicos e descobrir as combinações fatais dos remédios farmacêuticos
15. Te encontrar e dizer adeus sem pronunciar essa palavra

é uma questão de princípios: apenas uso esmaltes roubados.

um dia nós vamos dançar na irrealidade dos fatos, vamos viver para sempre de olhos fechados e abertos para dentro, revirados revirando o que tem dentro de nossos corpos
uma coreografia de desejo, pulsão, vida, morte, dor, tripa, medo, coração
nós vamos nos sentir finitas e vamos nos aproximar até sermos tomadas por uma fúria, em um campo de flores pintadas de vermelho com tinta guache e eu vou dizer que
SIM

Que era lindo lindo lindo o som que saía da sua boca, pelos dedos passando por cordas de um instrumento mal construído, por um vermelho fogo, que ficava clarinho
Eu gritei e gritei e gritei e tudo que vi foi uma boca vermelha em minha direção, que
pronunciava algo que jamais posso compreender e se chama amor

Se existissem
gênios
você não seria uma
e isso é um elogio

CORPO
COBERTO
DE FIM

Cyber bruxa

Te digo em pensamento que não quero pedir nada pra ninguém
além de mim
e vc me diz que posso pedir firmeza pra mim mesma
com um copo d'água pra vc benzer
quero fazer um pedido:
beba pensando em mim
quero te dizer que: eu vou
eu pego minha tesoura e vc a linha
façamos um incenso
tomilho, sálvia e alecrim para curar
a tristeza que sinto quando olho pra cama vazia aos domingos
cheiro de cafe y gosto de esquecimento
as palavras são a minha reza
vc virtualmente diz "eu te cruzo e te abençoo da cabeça aos pés"
e assim
eu sei que tenho o corpo fechado

Meu bem, nem 200mg de quetiapina podem me deter.

corpo cansaço: fecho os olhos e penso em amarrar você. meus braços, meus fios, meus passos. meu corpo fiação meu monstro coração. poderiam amarrar o mundo mas só querem amarrar você. eu não tenho mais rosto, amor. seus beijos agora se embolam nessa dança linha-lã-língua. posso resgatar um pedaço meu entre os seus dentes. olhe para mim: você me ama agora que sou um emaranhado de vísceras? pense bem – minha arquitetura de monstro deixa rastro. meu corpo é matéria e o veneno do mal acha passagem. não tenho nenhum talento secreto. que eu sei profanar o seu corpo você já sabe. a dança dos fios é a única que eu sei dançar. como uma aranha que prende insetos na teia, eu te enrosco, e você verá que meu corpo não tem fim.

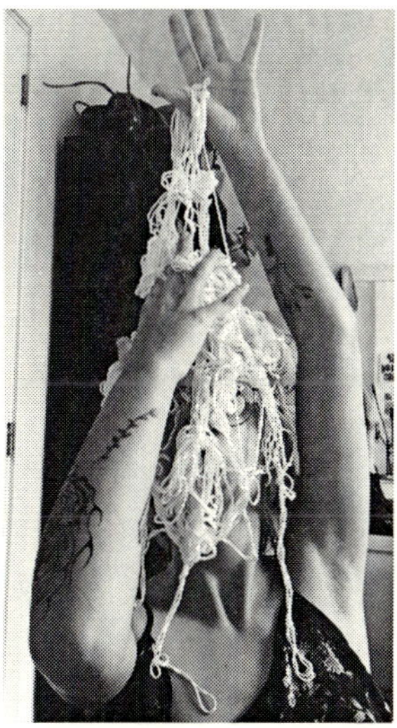

Seja alguém com um corpo
e me diga que sente algo

Eu só posso me entregar a mim (fronteira/estado limite/ CID10 F60.3/ ponto de encontro entre a neurose e a psicose)

eu lembro de estender a mão tensa

querendo tocar do jeito que só a violência consegue

meu corpo quente por fora frio por dentro deixou marca

arranquei suas células mortas com as unhas

pra que depois eu arrependida culpada ensopada

ainda tivesse um pedaço seu

se misturando comigo

na sujeira

Eu sei que preciso tirar seu corpo da palavra amor (e colocar o meu)

Ria, ria e ria: ria de uma risada tão límpida, tão cruel, tão verdadeira
uma risada de quem tem uma solidão muito própria
e que no fim do dia pensa: minha vida toda foi correr e agora só quero dançar

Razões para se apaixonar por mim:

1. eu rebolo como quem conta uma verdade
   e assim como a terra
   i'm getting hotter every year

Tatuagem

olhei cada pedaço seu
jurando não esquecer
as linhas pretas do seu corpo

passei noites e noites desenhando o seu rosto na minha mente
os dedos completamente enterrados
os seus na terra e os meus nos seus buracos

eu digo descanse
descanse de mim

o mundo não vai acabar ainda

meus dedos molhados de você também precisam descansar

tocar o não-lugar também cansa

te olho porque da minha boca sai uma linha que percorre seu corpo
corte costura sangue
gosto de você porque me dá vontade de trabalhar com as mãos
te vi no meu reflexo de 3 anos atrás
me deixei ser engolida pelo monstro e no final descobri que era eu
senti todo o vazio de uma era glacial
aprendi com o vazio e com os restos
toda a sabedoria e liberdade

(eu estou tentando fugir das músicas de amor mas elas estão por toda parte) queria ser um copo d'água: transparente, raso, molhado. sem grandes conflitos ou questões, apenas um corpo sólido por fora fluído por dentro, esperando o dia em que você vai cair de boca em mim.

os dias de aniversário
eram dias de usar o vestido de veludo verde
que se metamorfoseava para caber no corpo que mudava a cada ano
alfinetes para diminuir
alfinetes para aumentar

os dias de aniversário
eram dias de chorar em baixo da mesa
na hora do parabéns

nos dias de aniversário
eu não gostava do barulho e das outras crianças
(que eram diferentes de mim)

nos dias de aniversário eu não gostava de nada
até o bolo
parecia melhor
no dia seguinte

não me diga como escrever meus poemas – meu fracasso sou eu quem faço.

DA PESSOA
DE
FRONTEIRAS,

p/ chico

Sonhei com você, francisco
no início você era grande grande grande
eu via apenas pedaços dos seus olhos entre seus cabelos de touro fuerte
e depois você ia ficando pequeno pequeno pequeno
até ficar do tamanho de um grão de arroz
e ainda assim
eu ouvia você dizer:
america é marica

p/ jessica

O dia em que li o livro de jessica fez uma tarde de sol
e eu lia como se segurasse uma linha que me levava a uma casa
na sala mulheres descascando batatas entrelaçadas por essa linha
mistério e honestidade
em uma sentada
o dia que li o livro de jessica tive vontade de escrever e descascar
batatas como se o amanhã fosse ser sempre o presente
gosto de livros que me dão vontade de trabalhar com as mãos
gosto de enredar linhas só pra depois me olhar e dizer: estou
enrolada

p/ hell

Escrevo com dor nos olhos pensando no amanhã
com as águas do corpo mexidas pela lua
que é uma ilusionista e ri com apreço de nós, loucas, lunáticas

Se sinto medo por nós
é porque as cartelas de remédio estralam todo dia
(e as notícias também)
e sei que seu corpo assim como o meu
é um campo de batalha de uma guerra em labirintos

Hoje, ao tentar dormir
depois de um dia longo e tendo os olhos doendo
despertei de súbito com uma imagem sua
seus cabelos iridescentes, mutantes

De repente vejo você envelhecendo
atravessade pelo tempo e gravidade
pintando a boca já murcha com um batom preto velho
como a anarcorainha Westwood

Você vive em uma casa com quintal e muitos cachorros
envelhece nela, como Hilda envelheceu na casa do sol
seus amigues te visitam todo o tempo

eu já ouço as risadas
nós comemos, bebemos, pintamos, escrevemos e lemos poesia
sei que você vai formar uma família de muitas incendiárias como
nós
raisin hell no capitalismo tardio y em la normalidad

Envelhece também sua casa-corpo
que carrega as cicatrizes e também o viço da liberdade

Sua morte pra felicidade de todes tarda em ir
mas não falha
tudo que é vivo morre voltando pra terra
e eu e você, da morte sabemos bem

Mas não chegou a morte ainda:
tenho visões de você envelhecendo e mexendo poções mágicas na
cozinha
enquanto a comida queima assim como queimaria hoje
grito daqui "viu como você sobreviveu?"
mas você não me ouve
entre as músicas de 100 anos atrás
e os pensamentos rápidos de mercúrio

Então eu levanto e corro ao papel
ainda com a lua sobre a cabeça
e escrevo isso
sei que agora o papel guardou essa realidade por mim

e que não há planeta ou memória danificada
que faça apagar meus lampejos a lápis

Agora que caminhei sobre a costura dos nossos caminhos
o ponto cruz me tira o sono
lembro dos cabelos cor de sangue, e só preciso chorar
Da pessoa de fronteiras,

p/ Membrana

dançar com o poema beijar o poema de língua deitar no chão com ele e derreter. derreter os cânones derreter os machos brancos derreter com nosso fogo. escrever a partir do movimento do desejo. eu sou meu próprio fracasso: tentar de tudo e errar todas as vezes. escrever sobre quem escreve, escrever com o corpo todo, desejar com as mãos, chupar as palavras até que se abra um buraco entre os dentes. enquanto isso, estar junto.

p/ os cristãos

todo sábado e domingo na catequese
as freiras ensinavam que era nossa missão espalhar a palavra de deus
mas eu sempre pensei que se a palavra de deus é tão sagrada
ela não precisa de nós

do mesmo jeito eu nunca entendi
porque jesus morreu por nós (jesus died for me? what an idiot! i
would not die for him)
já que eu gosto de pecar

só depois eu descobri
que a morte de jesus é como a morte de qualquer pobre
que seja contra qualquer autoridade

a pergunta é:
qual é a frase que você gostaria de ouvir de deus quando se
encontrar com ele?
lembro de pensar em segredo se deus tinha olhos
e se sim
eu gostaria de perguntar
como ele faz para ver a vida de cada um de nós
e decidir como escrever certo
por linhas tortas (então deus tem mãos?)

quando chorei na praça com os pulsos cortados
uma senhora veio me dizer para não me preocupar
porque deus tinha um plano para mim
e que se eu estava assim hoje
é porque deus quis

se você me perguntar o que eu quero hoje
eu vou responder:
eu quero ter o poder de manifestação de deus
para então manifestar
que deus não tenha mais importância na terra
e que dizer que eu vou queimar no inferno
não seja nada mais que um elogio

Bruxaria de amor (p/ Mercuria)

você e um espelho, meia noite, lua cheia, fim da vida. inicio de outra: se amar como quem se precisa.

TUDO QUE
É VIVO
MORRE
VOLTANDO
PARA
TERRA

Pachamama Mércia une minhas mãos as suas
sua pele enrugada
uma mancha em cada vinco

índia de pele marrom como a terra
seu corpo todo arredondado e fino
uma estrutura canyon
a resistência dos ossos montanhosos ligados por uma energia faiscante

índia pobre com a estória do pai com bolsos fundos e viagens intermináveis
conhecendo o mundo assim
criança sorridente mas com fome

ela compra hoje todas as bijuterias que acha bonitas
decora os dedos largos com anéis de 20 reais
ela tem uma elegância e os 80 não mentem, toda revestida em cores complementares
o cabelo prateado na pele texturizada mas brilhante

Mercia, da última vez o pacote de veludo preto que você enfiou nos presentes como se fosse nada, hoje ele é a casa das minhas cartas

não preciso de cartas pra te ler

eu gosto de ler o mistério na pele tomando meu tempo enquanto você se diverte, a grande sacerdotisa da família

(você planta a comida que come, sabe as verduras preferidas de cada um e os remédios caseiros para dores do corpo e da alma. você é o passado e o futuro. agachada colhendo mesmo com os joelhos ruins pensa em cada um da forma que não pensamos em nós mesmos. as unhas sujas de terra e as mãos com pequenos furos por tirar a espinheira santa do caule: Mercia, se eu pudesse te dar um nome seria Terra.)

pólen bold 90 gr/m2
tipologia adobe garamond pro
impresso no verão de 2023